# Huwcyn Hud
# a Thrychineb
# y Ddraig

## Sue Mongredien

Lluniau gan Jan McCafferty

Addasiad Gwenno Hughes

I James Brothwell,
gyda chariad mawr

Argraffiad cyntaf: 2015

ⓗ addasiad Cymraeg: Gwenno Hughes 2015

Rhif rhyngwladol: 978-1-84527-519-8

Teitl gwreiddiol: *Oliver Moon and the Dragon Disaster*

Cyhoeddwyd gyda chymorth ariannol
Cyngor Llyfrau Cymru

Cyhoeddwyd yn wreiddiol yn Saesneg yn 2006
gan Usborne Publishing Ltd, Usborne House,
83–85 Saffron Hill, Llundain EC1N 8RT.

ⓗ Testun gwreiddiol: Sue Mongredien, 2006.

ⓗ Lluniau: Usborne Publishing Ltd., 2006.

Cynllun clawr: Olwen Fowler

Cyhoeddwyd yn Gymraeg gan Wasg Carreg Gwalch,
12 Iard yr Orsaf, Llanrwst, Conwy, LL26 0EH.
Ffôn: 01492 642031 Ffacs: 01492 641502
e-bost: llyfrau@carreg-gwalch.com
lle ar y we: www.carreg-gwalch.com

Argraffwyd a chyhoeddwyd yng Nghymru

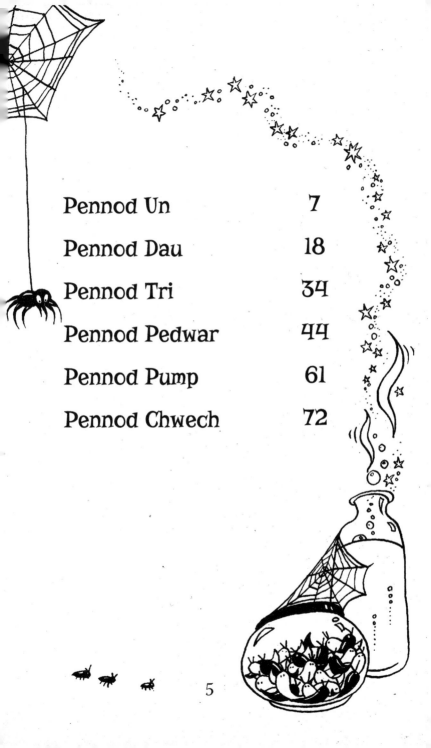

Pennod
Un

Roedd Huwcyn Hud yn hedfan yn uchel ar ei ysgub fry uwchben Ysgol Hud a Lledrith. Roedd ei ffrindiau a'i athrawon i gyd yn y cae chwarae oddi tano, yn ei wylio. "Ooo," meddai pawb wrth i Huwcyn wneud dwy ddolen drwy'r awyr, un ar ôl y llall.

"Waw!" llefodd pawb wrth iddo wibio am yn ôl, gan ddal ei ddwy law i fyny'n uchel. "Hwrê!" cymeradwyodd pawb wrth iddo igam-ogamu drwy'r coed cnotiog, gyda'i lygaid wedi'u cau'n dynn.

Roedd Huwcyn ar fin perfformio ei gamp fwyaf uchelgeisiol – gwneud tro cylch llawn gan jyglo chwe llyfr swyn yr un pryd – pan deimlodd anadl boeth ar ei wyneb.

"Huwcyn! Dim cysgu!"

Griddfanodd Huwcyn gan hanner deffro. O, na! Breuddwydio oedd o, ac yntau wedi bod yn mwynhau ei hun cymaint.

Agorodd gil ei lygaid. Roedd ei chwaer, Blobi Fach, yn sefyll o flaen ei hamoc gwe pry cop, yn taro'i ben â thebot plastig arian. "Huwcyn! DEFFRA!" meddai'n awdurdodol.

Caeodd Huwcyn ei lygaid yn gyflym, gan obeithio cael gorffen ei freuddwyd wych.

Ond yna canodd larwm ei gloc broga.

"Wyth o'r grawc," meddai, gan dorri gwynt a fflicio tafod oer, gwlyb ar foch Huwcyn. "Wyth o'r GRAWC!"

Griddfanodd Huwcyn eto. Roedd hi'n wyth o'r gloch yn barod! Tynnodd ei flanced ystlum dros ei ben. Roedd o am orwedd yn ei hamoc am funud neu ddau yn hirach ...

THYMP!

"Awtsh!" gwichiodd Huwcyn, gan eistedd i fyny. Roedd *Llais Aberclwcfa*, y papur newydd lleol, wedi glanio ar ei ben. Roedd y *Llais* i fod i gyrraedd rhiniog y teulu Hud bob bore, ond roedd gan y papur arfer anffodus o lanio yn y llefydd mwyaf annisgwyl.

Rhwbiodd Huwcyn ei ben yn flin. Doedd ganddo ddim gobaith o fynd yn ôl i gysgu bellach. O, roedd o'n casáu boreau!

"Paned o de," meddai Blobi Fach. Slochiodd llysnafedd gwyrdd o'i thebot i gwpan binc a'i gwthio i wyneb Huwcyn. Tasgodd y llysnafedd i mewn i'w geg. Ych! Roedd o'n drewi, ac yn blasu'n afiach!

Estynnodd Huwcyn am ei gôt nos yn flin. Wrth iddo wneud hynny, gwelodd beth oedd pennawd y *Llais*:

Llais Aberclwcfa

## GŴYL HUD ABERCLWCFA

Manylion
y tu mewn!

"Waw!" meddai Huwcyn, gan anghofio'i dymer ddrwg yn syth. Gŵyl Hud flynyddol Aberclwcfa oedd un o ddigwyddiadau gorau'r flwyddyn. Gwisgodd Huwcyn ei gôt nos a rhuthro i lawr y grisiau. "Mam, Dad!" llefodd. "Dewch i edrych ar hwn!"

"Ooo, ydych chi wedi *gweld* pwy sy'n mynd i fod yn perfformio yn yr ŵyl?" clwciodd Mrs Hud, ychydig funudau'n ddiweddarach. Roedd hi, Huwcyn a Mr Hud yn eistedd wrth y bwrdd brecwast gyda'r *Llais* wedi'i agor o'u blaen. "Arianwen Antur a'i Seirff Môr Swyn, Dewin y Dryslwyn, a Gwenhwyfar Wych, ac … o!"

"Beth sy'n bod?" gofynnodd Huwcyn, gan geisio gweld beth oedd wedi tynnu sylw ei fam.

Pwyntiodd ei fam ei bys at y papur newydd a dechreuodd hwnnw siarad yn syth. "Mae yna si ar led mai gwestai arbennig yr ŵyl fydd Sulwyn!" adroddodd y papur newydd mewn llais sych.

"Waw!" meddai Huwcyn. Sulwyn Swynfawr oedd ei arwr – a'r dewin gorau yn yr holl wlad!

"Sulwyn Pulwyn," meddai Blobi Fach dros y lle.

"Bydd arddangosfa ysgub gan y Saethau

Duon, hefyd," darllenodd Mr Hud yn uchel. "Gwych!"

"A bydd tân gwyllt gan bryfed tân ar ôl iddi dywyllu, yn ogystal â cherddoriaeth gan y Cigfrain Crawciog," ychwanegodd Huwcyn, gan deimlo'n gyffrous. Y Cigfrain Crawciog oedd ei hoff fand drwy'r byd i gyd!

"Mae hi bron yn hanner awr wedi wyth," rhybuddiodd y cloc taid barfog yn sydyn, a neidiodd Huwcyn. Roedd o dal yn ei byjamas!

Rhedodd Huwcyn i fyny'r

grisiau a gwisgo ei wisg ysgol a'i glogyn. Yna cydiodd yn ei hoff hudlath a'i het bigfain a rhedeg yn ôl i lawr y grisiau i gael ei frecwast.

Efallai nad oedd heddiw wedi dechrau'n dda – ond roedd pethau'n edrych yn well o lawer o glywed bod yr ŵyl ar fin cyrraedd!

Pennod
Dau

Y bore hwnnw, yn Ysgol Hud a Lledrith,
casglodd Mrs Madfall, y brifathrawes, y
dewiniaid a'r gwrachod iau at ei gilydd ar
gyfer y gwasanaeth yn y neuadd. "Dwi'n
siŵr eich bod chi i gyd wedi clywed am Ŵyl
Hud Aberclwcfa eleni," meddai gan wenu fel
giât. "Wel, mae'n bleser gen i gyhoeddi y
bydd ein hysgol ni yn cymryd rhan yn y
parêd mawreddog."

Roedd sŵn siffrwd clogynnau wrth i bawb ddechrau sibrwd ymysg ei gilydd. Trodd Huwcyn at ei ffrind gorau, Brychan Brychnibroga, ei lygaid yn dawnsio. "Gwych!" hisiodd. "Dwi …"

"CRAWC!" sgrechiodd cigfran Mrs Madfall yn feirniadol. Hedfanodd o'i chlwyd ar y polyn llenni gan daro nifer o hetiau pigfain y disgyblion yn sgi-wiff wrth

fynd heibio.

Tawelodd yr ystafell yn syth. "Diolch i ti, fy mhwt pluog," dywedodd Mrs Madfall wrth i'r gigfran lanio ar ei hysgwydd. Pigodd y gigfran chwilen o wallt y brifathrawes a'i llyncu. "Ble roeddwn i? O, ia, y parêd. Fyddwch chi'n cael eich rhannu'n grwpiau," eglurodd hi. "Bydd gan bob grŵp gapten, a bydd y capten yn dewis

thema – cerddoriaeth, gwisgoedd, neu hud a lledrith, wrth gwrs." Gwenodd mor llydan nes bod Huwcyn yn gallu gweld bob un o'i saith dant du, pwdr. "Gadewch i ni wneud Aberclwcfa gyfan yn falch o'n hysgol ni!" bloeddiodd.

"Hwrê!" curodd y disgyblion eu dwylo, gan gynnwys Huwcyn. Roedd o wedi cynhyrfu'n lân ac yn cydio mor dynn yn ei hudlath nes iddi droi'n las llachar, a saethodd gwreichion tân ohoni. "Fydd hyn

22

yn *hwyl!*" chwarddodd Huwcyn wrth
Brychan.

Dechreuodd Mrs Madfall rannu'r ysgol yn
dimoedd. Roedd Llywarch Llwyblygwr, y
prif ddewin, yn un o'r capteiniaid, wrth
gwrs, yn ogystal â Mabli Myddfai, y brif
wrach. Roedd Huwcyn yn gobeithio cael
bod yn un o'u timoedd nhw. Roedd y ddau
mor anhygoel!

"Pipi Parddu, rwyt ti yn nhîm Mabli,"

darllenodd Mrs Madfall o'i rhestr. "Brychan Brychnibroga, rwyt ti yn nhîm Llywarch ... "

"Ffantastig!" curodd Brychan ei ddwylo, gan wenu'n gyffrous. Cododd a mynd draw at dîm Llywarch yn syth.

"Huwcyn Hud, ti yn nhîm Selyf," meddai Mrs Madfall. "Sam Slumddu ... "

"Tîm Selyf?" O diar. Doedd Huwcyn ddim yn rhy hapus am hynny. Un o swyddogion yr ysgol oedd Selyf Stiniog. Roedd yn fachgen eithaf diflas – ac yn swot bach tila hefyd. Ochneidiodd Huwcyn a chodi ar ei draed wrth i Bwli Sneipensur, ei archelyn, wthio heibio iddo. "Mae'n debyg ein bod ni yn yr un tîm," meddai Bwli, ei lygaid melyn yn gwatwar Huwcyn. "Yn dwyt ti'n lwcus?"

Suddodd calon Huwcyn yn is. Roedd o yn

nhîm Selyf – gyda Bwli Sneipensur, o bawb.
Yn sydyn, roedd y parêd yn swnio'n dipyn
llai o hwyl nag oedd o bum munud ynghynt.

Ym mhen arall y neuadd, roedd tîm
Llywarch yn ymgynnull. Roedd Llywarch
eisoes yn chwifio'i hudlath yn yr awyr ac

yn consurio llun o ddraig goch oedd yn chwythu tân. "Dyma beth rydyn ni'n mynd i'w adeiladu ar gyfer y parêd," clywodd Huwcyn o'n dweud wrth ei dîm. Roedden nhw i gyd yn edrych yn hynod gyffrous.

*Dydi hyn ddim yn deg*, meddyliodd Huwcyn wrth iddo ymuno â thîm Selyf. Pam mai Brychan ac nid y fo oedd wedi cael ei roi yn nhîm Llywarch?

"Reit, gang," meddai Selyf gan droelli'r unig flewyn oedd ganddo ar ei ên. "Fy syniad i am thema ydi ... gwneud diodydd hud."

"Di-flas," cwynodd Bwli Sneipensur. Am unwaith, roedd Huwcyn yn cytuno ag o.

Anwybyddodd Selyf sylw Bwli a mynd yn ei flaen. "Dwi'n mynd i wisgo fel prifddewin," eglurodd, a blaen ei glustiau'n cochi, "a bydd gen i grochan enfawr ar olwynion. Y chi," dywedodd gan bwyntio ar weddill y tîm, "fydd fy nghynhwysion i."

Suddodd ysgwyddau Huwcyn. Beryg

byddai'n rhaid iddo fo fod yn ystlum marw yn y parêd. Grêt.

"A dyma'r darn hwyliog," meddai Selyf, ei lygaid yn gloywi. "Hwyliog – *ac* addysgiadol! Bob tro bydda i'n chwifio fy hudlath wrth i ni gerdded, bydd cynhwysyn arall yn neidio i'r crochan. Ac erbyn diwedd y parêd bydd bob un wan jac ohonoch chi yn y crochan. Gwych, yntê?'

"Beth? Fyddwn ni ddim yn cael gweld gweddill y parêd unwaith y byddwn ni yn y crochan, felly?" gofynnodd Heti Brogabudr yn siomedig.

"Ym ... na fyddwch." Gwenodd Selyf fel giât. "Fydd o'n arbennig iawn, dwi'n meddwl. Arbennig iawn, iawn."

"Arbennig o *ddiflas*, ti'n feddwl," mwmialodd Bwli Sneipensur o dan ei wynt.

Rholiodd Heti ei llygaid ar Huwcyn. Doedd affliw o neb eisiau bod yn sownd mewn crochan tywyll drwy gydol y parêd!

Ond doedd Selyf ddim wedi gorffen eto. "Reit, gan mai fi fydd y dewin, fi fydd y person pwysicaf, yn amlwg," dywedodd, gan wthio ei frest allan yn falch. "Ac ro'n i'n meddwl y byddai o'n gyffrous petai mwg coch a phorffor yn llifo o fy hudlath wrth i mi ei chwifio, a hwnnw wedyn yn troi'n sêr papur coch a phorffor." Oedodd, gan ddisgwyl i bawb guro dwylo. Wnaeth neb. "Ac ar ôl hynny, ro'n i'n meddwl ... "

Dechreuodd meddwl Huwcyn grwydro. Roedd clywed ei fod o'n mynd i orfod bod yn gynhwysyn diflas drwy gydol y parêd yn ddigon drwg. Ond roedd gwrando ar Selyf yn parablu am ei ran *lawer pwysicach* yn waeth fyth!

"Dwi'n meddwl mai Huwcyn ddylai ei wneud o," clywodd Huwcyn Bwli Sneipensur yn dweud yn sydyn. Mewn chwinciad, sylweddolodd Huwcyn fod gweddill y tîm yn syllu arno.

"Ym ..." mwmialodd Huwcyn – doedd o ddim eisiau cyfaddef nad oedd o wedi bod yn gwrando.

"Ac mae hi'n swydd bwysig, felly bydd

angen rhywun call ac aeddfed i'w gwneud hi," aeth Bwli Sneipensur yn ei flaen. "Rhywun fel Huwcyn."

Roedd Selyf yn wên o glust i glust. "O, fyddet ti'n barod i wneud y swydd, Huwcyn, o ddifri?" gofynnodd yn obeithiol.

Oedodd Huwcyn. Doedd ganddo ddim syniad am beth goblyn roedden nhw'n siarad! "Ym ... iawn," cytunodd, gan groesi ei fysedd. Roedd yn amhosibl i'r swydd bwysig roedd o newydd gytuno i'w gwneud fod yn waeth na bod yn gynhwysyn mewn diod swyn.

"Bendigedig," meddai Selyf, gan guro Huwcyn ar ei gefn. "Wnawn ni roi bagiau i ti, wrth gwrs. Wedi'r cwbl, mae casglu sbwriel yn swydd *hynod* o bwysig."

Rhythodd Huwcyn arno mewn dychryn. Casglu sbwriel? Oedd o wir newydd gytuno i gasglu sbwriel?

Pan welodd o'r wên annifyr ar wyneb Bwli Sneipensur, sylweddolodd Huwcyn mai dyna'n union roedd o newydd ei wneud. Na. Fyddai o ddim yn cael gwisg cynhwysyn, nac yn neidio i grochan anferth gyda gweddill y tîm. Yn lle hynny, byddai Huwcyn Hud yng nghefn y parêd yn casglu sêr coch a phorffor a'u rhoi mewn bagiau sbwriel. Am siom!

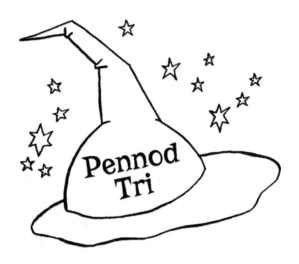

Pennod Tri

Ceisiodd rhieni Huwcyn godi ei galon amser te y noson honno. "O leiaf fyddi di ddim yn sownd mewn hen grochan drewllyd drwy gydol y parêd," meddai ei fam yn frwdfrydig, wrth godi platiad o gawl ewinedd traed ar ei blât.

"Na. Fydda i'n cario hen fagiau bin drewllyd yn lle hynny," chwyrnodd Huwcyn. Trywanodd ei fforc drwy daten werdd a'i chnoi'n flin. "Dydi o ddim yn deg. Ro'n i eisio bod yn nhîm Llywarch."

Estynnodd tad Hwcyn y pot pelenni llygaid iddo. "Wel, ry'n ni'n dal yn falch iawn ohonot ti, Huwcyn," meddai. 'Dwi'n siŵr mai ti fydd y casglwr sbwriel gorau yn Aberclwcfa!"

Tynnodd Huwcyn stumiau. O, ha ha. Doedd hynny ddim yn rhywbeth i ymfalchïo ynddo fo, wir!

Y bore wedyn, dihunwyd Huwcyn gan arogl llosgi. *Mae Dad wedi llosgi'r uwd eto,* meddyliodd yn gysglyd, gan droi drosodd yn ei hamoc. Ond yna dechreuodd ei draed deimlo'n boeth – yn boeth iawn – awtsh!

Cododd Huwcyn ar ei eistedd ac ebychu mewn dychryn. Roedd ei hamoc ar dân! "Help!" llefodd gan lamu ohono wrth i'r fflamau fygwth llosgi ei fodiau. "TÂN!"

"Draig," meddai Blobi Fach yn hapus, gan bwyntio bys tew at ddraig fach werdd. Roedd mwg du yn dod o drwyn y ddraig.

Torrodd y ddraig wynt gan anfon fflamau enfawr tuag at obennydd Huwcyn.

"Hei!" bloeddiodd Huwcyn, gan chwilio am ei hudlath. "Glaw o'r to … rhwystra'r fflamio," llafarganodd, gan chwifio'i hudlath dros ei hamoc.

Mewn chwinciad chwannen, dechreuodd glaw arllwys o nenfwd ei stafell wely. Hisiodd hamoc Huwcyn a throdd y darn oedd wedi'i losgi yn ddu. Safodd Huwcyn yno, yn wlyb diferu, ac yn rhythu ar y

ddraig fach werdd oedd bellach yn mochel
o dan un o'i hadenydd cennog.

Sgrechiodd Blobi Fach yn gyffrous a
dechrau dawnsio yn y glaw. "Gardd,"
dywedodd yn llawen, gan roi mwythau i'r
ddraig. "Gardd!"

"Gwrthdroi'r swyn – cyn daw cwyn!"
dywedodd Huwcyn yn gyflym, gan
chwifio'i hudlath. Peidiodd y glaw yn syth.
"Gardd?" gofynnodd, gan guchio ar ei

chwaer. "Beth wyt ti'n feddwl, gardd?"
Syllodd Huwcyn ar y ddraig. "Ddes di o
hyd i'r ddraig yma yn ein gardd ni?"

Lledodd gwên fawr dros wyneb Blobi
fach a nodiodd. "Draig FI," gwichiodd yn
falch. "Fi!"

"Waw!" meddai Huwcyn, wrth i'r ddraig
stompio o'i stafell. "Dwi wedi bod eisio
anifail anwes erioed." Lledodd gwên fawr
dros ei wyneb. "Gwych!"

Ond wnaeth cyffro Huwcyn am y ddraig ddim para'n hir. "Mae'r ddraig yn *ofnadwy!*" cwynodd wrth Brychan ar y ffordd i'r ysgol y bore hwnnw. "Roedden ni'n trio ei dysgu hi sut i gynnau'r tân o dan y crochan ar gyfer brecwast, ond mi lwyddodd i losgi ysgub Dad *a* chôt nos Mam – ac roedd hynny ar ôl iddi roi fy ngwely i ar dân!"

Chwarddodd Brychan. "Ydi dy fam a dy dad yn mynd i adael i ti ei chadw hi?"

Cododd Huwcyn ei ysgwyddau. "Pwy a ŵyr? Mae hi wedi cael ei hel i'r ardd ac mae Dad yn gobeithio y gwnaiff hi hedfan yn ôl i'w chartref. Ond pan wnes i adael, roedd hi'n pwdu yn y danadl poethion, yn ceisio llosgi planhigion eiddew gwenwynig Mam." Ysgydwodd ei ben.

"Ro'n i'n ysu am gael mynd o'r tŷ lloerig a dod i'r ysgol."

"A fi," meddai Brychan. Bownsiodd ei bêl-droed benglog wrth iddyn nhw gerdded.

"Dwi'n edrych ymlaen yn fawr at ein cyfarfod tîm nesaf i drafod y parêd. Fues i wrthi am oriau neithiwr yn cynllunio cynffon ein draig – dyna'r darn mae Llywarch wedi gofyn i mi ei wneud," ychwanegodd yn falch. "Dwi'n meddwl ei hadeiladu … "

Ond nid oedd Huwcyn yn gwrando.
"Wrth gwrs!" bloeddiodd, gan chwerthin yn
uchel mwyaf sydyn. "Wrth gwrs!"

"Wrth gwrs beth?" gofynnodd Brychan
mewn penbleth.

Cipiodd Huwcyn bêl-droed benglog
Brychan a'i bownsio ar ei ben. Cwympodd
ei het bigfain ar y palmant ond wnaeth o
ddim hyd yn oed sylwi. "Brychan, ti newydd
roi syniad ardderchog i mi," gwenodd
Huwcyn. "Efallai bydd casglu sbwriel yn
hwyl wedi'r
cwbl!"

Pennod
Pedwar

Syllodd Brychan yn syn ar ei ffrind. "Sut?"
gofynnodd yn amheus.

"Wna i ddefnyddio'r ddraig!" ebychodd
Huwcyn. "Yn lle mod *i'n* gorfod casglu'r
holl sbwriel, gaiff y ddraig wared o'r sbwriel
drwy chwythu tân arno! Pa mor wych
fyddai hynny?"

"Anhygoel!" chwarddodd Brychan.
"Beryg y bydd dy lun di ar glawr *Llais*

*Aberclwcfa*. Ond mae dy ddraig di'n swnio ychydig yn … wyllt. Wyt ti'n credu y galli di ei hyfforddi hi erbyn y parêd?"

Oedodd Huwcyn. Aaa … hyfforddi'r ddraig. Rywsut neu'i gilydd roedd o wedi llwyddo i anghofio'r broblem fach honno. Troellodd ei hudlath yn feddylgar. "Wel … " dechreuodd. Doedd o erioed wedi hyfforddi draig o'r blaen. Ond pa mor anodd allai o fod?

Ymunodd Bwli Sneipensur â nhw yr union eiliad honno, gyda gwên gas ar ei wyneb. "Dyma ti," dywedodd, gan wagio ei bocedi o flaen Huwcyn a Brychan. Disgynnodd bar siocled broga oedd wedi hanner ei gnoi a chalon afal wedi llwydo ar lawr, ynghyd â hancesi papur llysnafeddog a phelen afiach o fflwff clogyn. "Fe gei di

ymarfer casglu sbwriel, Huwcyn."Yna,
chwarddodd Bwli mor uchel nes i gawod o
boer melyn, seimllyd hedfan o'i geg.

Sychodd Huwcyn y poer o'i lygaid a
phlethu ei freichiau. "Dim fi fydd yn casglu'r
sbwriel yn y parêd wedi'r cwbl," meddai,
gan fethu rhwystro ei hun rhag brolio.
"Bydd fy nraig anwes yn fy helpu."

Edrychodd Bwli Sneipensur yn wawdlyd. "Does gen ti ddim draig anwes," wfftiodd yn ddirmygus.

"Cei di weld yn y parêd," meddai Huwcyn gan gamu dros bentwr sbwriel Bwli. Trodd ac edrych i lawr ei drwyn ar y palmant blêr. "A choda dy lanast dy hun ..."

Ar ôl ysgol y diwrnod hwnnw, aeth Brychan adref gyda Huwcyn i roi ei wers ufudd-dod gyntaf i'r ddraig.

"Gobeithio bod Mam a Dad wedi medru dysgu ychydig o bethau iddi'n barod," dywedodd Huwcyn wrth iddyn nhw gerdded i fyny'r llwybr at y tŷ. "Mi fydda i wedi'i hyfforddi hi mewn dim, Brychan, gei di weld."

Roedd Huwcyn yn meddwl ei fod yn

gallu arogli mwg wrth gerdded drwy'r drws
ffrynt. Gwelodd fod rhannau o garped y
cyntedd yn mudlosgi ac olion parddu budr
ar y nenfwd. Roedd hi'n amlwg fod y
ddraig wedi bod yn y tŷ – ond ble roedd hi
erbyn hyn?

"Del? Mae hi yn yr ardd," meddai mam Huwcyn wrthyn nhw, pan gerddodd y ddau i'r gegin. Roedd hi'n ceisio trwsio twll yn ei

chôt nos gyda mwydod gwlân, ond roedden nhw'n cadw llithro oddi ar ei nodwydd.

"Pwy yw Del?" gofynnodd Huwcyn.

"Dyna beth ry'n ni'n ei galw hi," atebodd

ei fam. "Ro'n i'n ceisio'i dysgu hi i rostio chwilod i de, ond rhoddodd hi'r llenni ar dân mewn camgymeriad." Cymerodd gip trwy'r ffenest. "Mae hi wedi llosgi carpedi'r cyntedd a'r lolfa hefyd, yn ogystal â chlogyn newydd dy dad. Felly, ro'n i'n meddwl y byddai'n well iddi fynd o'r tŷ."

Aeth Huwcyn a Brychan i'r ardd. Roedd Del wedi dringo i fyny'r goeden gnotiog. Gwisgai un o fonedi Blobi Fach am ei phen, ac roedd hi'n rhoi dail ar dân ac yn edrych fel petai mewn hwyliau drwg.

Roedd Blobi Fach wedi gwneud te parti o dan y goeden ar gyfer rhai o'i doliau bwystfilod. "Chwarae," dywedodd wrth y ddraig gan chwifio cwpan de o dan ei thrwyn.

Dylyfodd Del ei gên a cholli ei balans,

cyn disgyn o'r goeden a rhoi blanced bicnic
Blobi Fach ar dân wrth iddi wneud hynny.

Chwifiodd Huwcyn ei hudlath yn gyflym
er mwyn diffodd y fflamau, ac anadlu'n
ddwfn. Roedd hi'n amser iddo ddechrau ar
ei wers. Plygodd o flaen y ddraig a syllu i'w

llygaid coch, eirias. "Helô, Del," meddai gan deimlo braidd yn wirion. "Huwcyn ydw i, o'r gorau? Dy feistr. A dwi'n mynd i ddysgu un neu ddau o bethau i ti."

Dylyfodd y ddraig ei gên unwaith eto a rhuodd chwystrelliad o fflamau rhwng ei dannedd miniog. Llamodd Huwcyn tuag yn ôl, ei lygaid yn dyfrio oherwydd y mwg.

"Da iawn, dyna ni," meddai'n frwdfrydig. "Dyna'n union beth sydd raid i ti ei wneud yn y parêd ... pan dwi'n dweud wrthat ti am wneud hynny. Paid â'i wneud ar unrhyw adeg arall, cofia. Ond pan dwi'n dweud 'Tania!', dwi eisio i ti chwythu tân, o'r gorau?"

Crafodd Del ei hochr gyda'i chrafangau miniog.

Cymerodd Huwcyn fod hynny'n golygu ei bod hi'n deall. Chwifiodd ei hudlath a mwmial swyn ar gyfer creu sêr papur. "Papurws serws!" dywedodd, a rhoi'r sêr mewn pentwr o flaen y ddraig. "Dyna ti, sêr. Weli di nhw?" gofynnodd gan brocio'r pentwr efo'i hudlath. "Wyt ti'n barod? Tania!"

Ond cario ymlaen i grafu wnaeth Del, heb hyd yn oed edrych ar y sêr.

"Ym … Del?" meddai Huwcyn yn gwrtais. "Wnei di wrando arna i am eiliad? Dwi'n trio dysgu rhywbeth i ti."

Yn sydyn, dyma Del yn tisian dros y sêr papur, gan eu gorchuddio â dafnau gwyrdd, trwchus.

"Iawn," meddai Huwcyn. "Ymdrech dda.

Ac eto? Tania!"

Dechreuodd Del bigo'i chrafangau blaen, gan ddefnyddio ei thafod hir, coch, i'w glanhau.

Ceisiodd Huwcyn atal ei hun rhag teimlo'n rhy siomedig. Roedd Del wedi bod yn rhoi pethau ar dân drwy'r dydd yn ôl y sôn, a'r unig dro, *yr unig dro* roedd rhywun wirioneddol eisiau iddi chwythu tân, roedd ganddi fwy o ddiddordeb mewn crafu a glanhau ei chrafangau. Iesgob!

Edrychodd Huwcyn ar Brychan am gefnogaeth, ond roedd ei ffrind yn edrych yn amheus. "Roedd meddwl am ddefnyddio draig yn y parêd yn syniad grêt, Huwcyn"

meddai Brychan yn araf, "ond … ddim y
ddraig *yma*, falle."

Ochneidiodd Huwcyn. "Wyt ti'n meddwl
y dylwn i anghofio'r holl beth?" gofynnodd.

Nodiodd Brychan. "Sori, mêt," meddai,
"ond …"

Cyn i Brychan allu gorffen ei frawddeg,
ymddangosodd negesydd
coblyn yn yr ardd,
mewn cwmwl o
fwg porffor,
drewllyd. Tagodd y
coblyn a cheisio
cael gwared o'r
mwg drwy
chwifio'r darn o
femrwn oedd yn
ei law. Yna,

cyhoeddodd, "Neges i Puwcyn Hu!"

"Hud," cywiroddd Huwcyn o. "Huwcyn Hud."

Cuchiodd y coblyn ar y memrwn. "Ymddiheuriadau," meddai. "Mae sgrifen swyn yn gallu bod yn flêr weithiau. Neges gan Selyf Stiniog: Wedi clywed am y … *graig?*"

"Draig," cywirodd Huwcyn y coblyn eto. Sut roedd Selyf wedi clywed am ei gynllun, tybed? meddyliodd. Yna griddfanodd wrth sylweddoli beth oedd wedi digwydd. Mae'n rhaid bod Bwli Sneipensur wedi mynd yn syth at Selyf i ddweud wrtho – a difetha syrpréis Huwcyn!

"A ie. Wedi clywed am dy *ddraig* … Gwych," aeth y coblyn yn ei flaen. "Bydd pawb wedi gwirioni!"

Wedi iddo anfon ei neges, diflannodd y coblyn mewn pwff o fwg porffor. Ceisiodd Blobi Fach ddal y mwg yn ei chwpan de a'i yfed.

Edrychodd Huwcyn a Brychan ar ei gilydd yn bryderus. "Does dim troi 'nôl rŵan," meddai Huwcyn. "Os ydi Selyf yn gwybod am fy nghynllun, mi fydd o wedi gofyn i Mrs Madfall – ac yna bydd *pawb* yn gwybod amdano mewn chwinciad chwannen. Mae'n rhy hwyr i mi newid fy meddwl." Ochneidiodd wrth i Del ddechrau bwyta un o ddoliau anghenfil Blobi fach. "Mae'n rhaid i'r ddraig yna gael ei hyfforddi."

"Rhaid," cytunodd Brychan, gan wingo wrth glywed sgrech flin, fyddarol Blobi Fach. "Ond sut?"

Trodd Huwcyn a chychwyn cerdded tua'r tŷ. "Wn i ddim," cyfaddefodd, "ond falle …"

Oedodd Huwcyn wrth iddo glywed sŵn siffrwd sydyn, ac edrychodd o'i gwmpas yn obeithiol. Ai sŵn fflamau'n llyfu sêr papur oedd o'n ei glywed?

Nage, yn anffodus. Sŵn draig fechan, flinedig yn swatio ar wely o sêr papur oedd o … ac yn syrthio i gysgu.

Pennod Pump

*Bwytaodd* Del y sêr papur ar y dydd Mawrth.

Ar y dydd Mercher, cuddiodd Del y sêr papur.

Ddydd Iau, gwnaeth Del rywbeth afiach ar ben y sêr papur, a bu'n rhaid i mam Huwcyn ei lanhau.

Ond ar y dydd Gwener, cymerodd Del gam mawr ymlaen. Bwriodd Huwcyn swyn er mwyn gwneud set arall o sêr papur, a'r tro yma fe wnaeth y ddraig eu rhoi nhw ar dân. Ond yn anffodus, roedd Blobi Fach yn cuddio yn eu canol ar y pryd. "Del ddrwg!" dwrdiodd wrth i Huwcyn fwrw swyn glaw drosti. "Del, ych a fi!"

Roedd Huwcyn yn dechrau cael digon ar

y ddraig. Doedd Blobi Fach ddim yn rhy hoff ohoni chwaith, ac roedd eu rhieni'n awyddus iawn i ddod o hyd i gartref newydd iddi. "Biti na fasa hi'n dychwelyd i le bynnag y daeth hi," meddai Mr Hud yn brudd, gan lygadu'r olion llosgi ar ei hoff het bigfain.

Ond doedd Huwcyn ddim yn medru cael gwared ar y ddraig mor hawdd â hynny. Erbyn hyn, roedd pawb yn Ysgol Hud a Lledrith wedi clywed bod Del am ddod i'r parêd, ac roedd pawb – yn cynnwys Mrs Madfall – wedi dweud cymaint roedden nhw'n edrych ymlaen i'w gweld hi. Felly doedd dim troi 'nôl!

★

Torrodd y wawr yn glir a heulog ar ddiwrnod y parêd. Wrth i Huwcyn a Del ddilyn Selyf a'i grochan anferthol, roedd stumog Huwcyn yn troi gan ei fod wedi bwyta dau gant o dentaclau. *Plis wnaiff Del fihafio*, gweddïodd.

Ymlwybrodd y parêd o amgylch y dref, drwy ganol criwiau o wrachod a dewiniaid, a phawb yn cymeradwyo'n frwd, cyn troi

am Barc Aberclwcfa. Tîm Llywarch oedd ar
y blaen, â'u draig goch, realistig yr olwg.
Rhuai honno mor ffyrnig nes codi ofn ar
Del. Roedd tîm Mabli wedi gwisgo fel
ellyllod, ac roedden nhw i gyd yn canu cân
ddoniol. Roedd yno wrachod gwyn, pobl
oedd yn newid eu ffurf, a bwystfilod hud. Ar
ben hynny, roedd yno gawr cyfeillgar yn
curo'i draed wrth iddo gerdded, gan gymryd
gofal mawr rhag sathru ar neb.

*Wwwsh!* Bwriodd Selyf ei swyn cyntaf a
daeth cawod o sêr papur coch a phorffor o'r
awyr, gan sgleinio yn yr heulwen.

"Tania!" meddai Huwcyn wrth Del wrth
i'r sêr fwrw eu pennau. "Tania!"

Anwybyddodd Del y sêr yn llwyr, gan
drotian at ochr Huwcyn, ei thrwyn yn yr
awyr.

"Yli, y ddraig ddwl, wnes i ddweud … O, dim ots." Ochneidiodd Huwcyn yn ddig gan gipio'r het bigfain oddi ar ei ben a stwffio llond llaw o sêr i mewn iddi. Pam, o pam, wnaeth o feddwl y byddai hyn yn syniad da?

"Tania!" gorchmynnodd eto gan bwyntio at bentwr arall o sêr, ond llosgi gwisg ffansi chwilen Heti Brogabudr wnaeth Del y tro hwn.

"Hei!" gwichiodd Heti o'r tu ôl i'w masg.
"Stopia hynna!"

"Mae'n ddrwg gen i," ochneidiodd
Huwcyn, gan stwffio rhagor o sêr i'w het.
Roedd o'n difaru peidio dod â bagiau
sbwriel efo fo erbyn hyn, achos doedd Del
yn dal heb losgi 'run seren.

Mewn dim o dro, aeth y parêd heibio i

brif lwyfan yr ŵyl. Roedd pob math o ddewiniaid a gwrachod pwysig yr olwg yn paratoi i berfformio, a phawb wrthi'n twymo eu hudlathau ac yn gwneud yn siŵr fod y microffonau'n gweithio.

Roedd Huwcyn yn edmygu'r perfformwyr pan welodd Arianwen Antur,

GŴYL HUD

un o'r gwrachod enwog, yn gosod ei basged
o seirff môr swyn ar ochr y llwyfan.

Waw! Roedd o mor agos ati –
byddai ei rieni'n hynod o
genfigennus!

Roedd gan Del ddiddordeb yn
Arianwen Antur hefyd. Rhoddodd
wên ddireidus, cyn gadael y

parêd yn sydyn a hedfan am y llwyfan.

"Tyrd yn ôl!" gorchmynnodd Huwcyn mewn braw, wrth iddo'i gwylio.

Ond roedd hi'n rhy hwyr. Gyda *wwwsh* o fflamau, roedd y ddraig wedi llosgi twll ym masged Arianwen – ac mewn chwinciad, roedd y seirff môr swyn yn dianc i bob cyfeiriad!

Pennod
Chwech

Prin y gallai Huwcyn ddioddef edrych ar y
seirff porffor yn llithro ar draws y llwyfan.
"Fy mabis! Maen nhw'n dianc!" sgrechiodd
Arianwen Antur, ei het bigfain yn disgyn
oddi ar ei phen wrth iddi neidio i fyny ac i
lawr. "Pwy biau'r ddraig yma? Pwy sy'n
gyfrifol am hyn?"

Hoeliodd ei llygaid ar Huwcyn wrth iddo
geisio llusgo Del oddi ar y llwyfan. "Y fi,"

cyfaddefodd. "Mae'n ddrwg gen i, mae
hi'n ... "

"Y dewin bach dwl!" poerodd Arianwen.
"Mae fy seirff ym mhob twll a chornel!"

Roedd hi'n dweud y gwir. Roedd un sarff
wedi dringo i dop y llenni, gan grogi yno
fel rhaff borffor, hir. Roedd un arall yn
llithro'n llawn cyffro i ganol y gynulleidfa.

Rhedai pobl oddi wrthi dan sgrechian wrth iddi fflicio ei thafod bach du tuag atyn nhw.

Roedd un sarff hyd yn oed yn gwneud ei gorau i droelli ei hun o gwmpas ysgwyddau Mabli Myddfai wrth iddi geisio arwain ei thîm drwy'r parêd. "Dos o 'ma, y sglyfath!" gwaeddodd, gan ei thaflu oddi ar ei hysgwyddau.

"Awtsh! Mi frathodd fi!" sgrechiodd Bwli Sneipensur o grombil crochan y prifddewin Selyf, wrth iddo geisio dringo allan ohono yn ei wisg cocrotsien. Roedd pedwaredd sarff fôr wedi suddo'i dannedd yn dynn i ben-ôl Bwli, ac roedd ei lygaid melyn yn llawn dychryn wrth iddo syllu drwy'i fasg a cheisio tynnu'r sarff oddi ar ei ben-ôl.

"Dwi'n synnu dy fod ti'n ofn sarff fechan," meddai Heti Brogabudr yn uchel,

gan godi ei phen o'r crochan a rhoi winc ar
Huwcyn.

Bu bron i Huwcyn wenu yn ôl, ond
feiddiodd o ddim, gan fod Arianwen Antur
yn dal i rythu arno. "Mae fy mreuddwyd …
fy egni creadigol … a'm holl waith paratoi
… yn rhacs jibidêrs!" llefodd, gan chwifio
ei hudlath a llafarganu swyn i alw ar ei
seirff. "Rŵan ewch â'r ddraig yna o 'ngolwg
i!"

Gafaelodd Huwcyn yn Del a'i rhoi o dan ei fraich. "Mae'n ddrwg gen i," mwmialodd wrth Arianwen Antur. Yna rhythodd ar Del. "Tyrd yn dy flaen," meddai Huwcyn drwy'i ddannedd. "Mae'r parêd bron ar ben. Tria fod yn ddraig dda am y rhan olaf – os gweli di'n dda!"

Roedd Huwcyn mor falch o weld y parêd yn dod i ben. Roedd sêr papur lond ei het bigfain a blaen ei hudlath yn llipa a blinedig, wedi iddo ddiffodd holl danau Del â'i swynion glawio. Roedd Del yn edrych yn flinedig hefyd. Wnaeth hi ddim cynnau yr un tân wrth i Huwcyn ymuno â'i deulu ar gyfer y perfformiadau hudol. Gobeithio y gwnaiff hi fynd i gysgu, meddyliodd Huwcyn, wrth iddo'i gwylio'n swatio ar y llawr wrth ei ochr. Allai hi ddim creu trafferth wrth gysgu!

Dechreuodd y sioe a theimlodd Huwcyn ei hun yn ymlacio o'r diwedd. Roedd

Dewin y Dryslwyn yn ardderchog. Trodd ei hun yn roced a saethu i'r gofod, cyn dychwelyd mewn dau funud yn cario craig o'r lloer.

Roedd Gwenhwyfar Wych ... wel, yn wych. Trodd ei chath yn ddeinosor du enfawr. Ebychodd pawb wrth i'r deinosor gydio yn Gwenhwyfar a bygwth ei bwyta.

Ond chwifiodd y

wrach ei hudlath yn bwyllog ac mewn
fflach o wreichion porffor, trodd y deinosor
yn gath unwaith eto.

Yn anffodus, roedd Arianwen Antur yn edrych ychydig yn ffwndrus a gwrthododd ei seirff môr swyn wneud 'run o'i gorchmynion. "Dy fai di yw hynna," hisiodd Huwcyn ar Del, wrth iddi edrych arno'n gysglyd.

"Nesa, gyfeillion," ffrwydrodd llais o'r uchelseinydd, "mae rhywun arbennig iawn wedi hedfan yma'n unswydd i'n diddanu … yr unigryw Sulwyn Swynfawr!"

Curodd pawb eu dwylo'n frwd wrth i smotyn coch ymddangos fry yn yr awyr. Yn araf bach, aeth y smotyn yn fwy, yna'n fwy

fyth, a sylweddolodd y dewiniaid a'r
gwrachod oedd yn gwylio mai Sulwyn
Swynfawr oedd yn hedfan tuag atyn
nhw … ar ddraig goch anferth!

Roedd adenydd y ddraig yn curo'n bwerus drwy'r awyr. A dyna ble roedd Sulwyn Swynfawr yn eistedd ar ei chefn, yn chwifio'i ddwylo ar y gynulleidfa wrth i'r ddraig hedfan yn is. A dyna ble roedd ...

Edrychodd Huwcyn ar yr olygfa eto – cyn edrych yn ôl i'r fan ble roedd Del wedi bod yn gorwedd. O, na. Yno, yn yr awyr, yn rhuo'n gyffrous ac yn hedfan cyn gyflymed ag y gallai at y ddraig goch fawr – roedd Del. Roedd hi i fod yn cysgu wrth ei ochr!

Prin y medrai Huwcyn edrych. Roedd o'n siŵr fod y dreigiau'n mynd i daro yn erbyn ei gilydd, ac yna byddai Sulwyn Swynfawr yn disgyn ac yn brifo ... a byddai'r ffws fwyaf ofnadwy, a *Huwcyn fyddai'n cael y bai am bob dim!*

Caeodd ei lygaid wrth glywed y gynulleidfa'n ebychu'n sydyn – yna dechreuodd pawb guro dwylo! Agorodd Huwcyn gil ei lygaid a gweld Del yn hedfan yn urddasol y tu ôl i'r ddraig goch mewn arddangosfa acrobatig hardd.

"Ooo!" llefodd y gynulleidfa wrth i'r dreigiau droi a throsi'n osgeiddig drwy'r awyr.

"Waw," meddai pawb wrth i'r dreigiau hedfan am yn ôl yn llyfn.

"Hwrê!" cymeradwyodd pawb wrth i'r dreigiau igam-ogamu drwy'r cymylau.

"Brafô!" bloeddiodd pawb gan glapio a churo eu traed wrth i'r dreigiau lanio ar y prif lwyfan. Llamodd Sulwyn Swynfawr oddi ar gefn y ddraig goch a cherdded tuag at Del, oedd yn syllu'n gariadus arno. Yna,

chwythodd hi gwmwl o fwg siâp calon ato!

"Aaaa!" ochneidiodd y gynulleidfa, gan gynnwys Huwcyn. Welodd o erioed Del yn edrych mor hapus.

Taflodd Sulwyn ei freichiau o gwmpas gwddw Del. "Doris, rwyt ti'n saff! Ry'n ni wedi bod yn poeni amdanat ti!" llefodd yn llon.

Syllodd teulu Huwcyn ar ei gilydd. *Doris?*

Gwenodd Sulwyn ar y gynulleidfa. "Doris ydi merch Dwynwen," esboniodd, gan fwytho trwyn y ddraig fawr goch. "Gwaetha'r modd, aeth Doris ar goll wedi iddi fynd i grwydro pan oedden ni'n aros yn Aberclwcfa yr wythnos diwetha. Ry'n ni wedi bod yn chwilio amdani ym mhobman. A dyma hi, o'r diwedd!"

Roedd Huwcyn yn gegrwth. Allai o ddim credu mai Doris oedd draig Sulwyn Swynfawr!

Arhosodd Del ar y llwyfan gyda'r ddraig goch ar gyfer y perfformiad cyfan. Roedd ei hymddygiad yn berffaith. Fe wnaeth hi helpu gyda rhai o'r swynion, hyd yn oed.

"Pam na fyddai hi wedi bihafio fel yna efo ni?" cwynodd Mr Hud dan ei wynt.

"Bechod," clwciodd Mrs Hud, gan wylio Del yn trotian ar draws y llwyfan ar ôl y ddraig goch. "Hiraeth am ei mam oedd ganddi."

Cofleidiodd Sulwyn y ddwy ddraig ar ddiwedd y sioe. "Hoffwn ddiolch i Gyngor Aberclwcfa am fy ngwahodd i'r ŵyl hud eleni," dywedodd. Daeth bonllef o gymeradwyaeth. "Dwi eisio diolch i bwy bynnag ofalodd am Doris tra oedd hi ar goll hefyd," ychwanegodd. "Mae'n amlwg ei bod hi wedi cael cartre da."

"Ni ofalodd amdani!" gwaeddodd Huwcyn, gan chwifio'i law.

"Roedd yn bleser pur!" ychwanegodd Mrs Hud, gan wenu fel giât.

Rhythodd Mr Hud arni fel petai hi'n wallgof. "Pleser pur?" mwmialodd mewn

anghrediniaeth. "Dim dyna faswn i'n ei ddwcud."

"Diolch," gwaeddodd Sulwyn ar y teulu Hud ac ymddangosodd llond llaw o docynnau i sioe nesaf Sulwyn Swynfawr yn llaw Huwcyn, mewn cwmwl o sêr disglair.

Yna chwifiodd Sulwyn ei ddwylo ar y gynulleidfa.

"Hwyl fawr, gyfeillion! Mwynhewch weddill yr ŵyl!" Yna hedfanodd y dreigiau fry i'r awyr unwaith eto, gyda Sulwyn ar gefn y ddraig goch.

"Ta-ta," meddai Blobi Fach, gan chwifio llaw fach, dew yn yr awyr.

Gwenodd Huwcyn yn hapus wrth iddo stwffio'r tocynnau i'w glogyn. Am ganlyniad rhagorol!

Roedd gweddill yr ŵyl yn ffantastig.

Roedd y Cigfrain Crawciog yn ardderchog,
yn ogystal ag arddangosfa'r Saethau Duon.
Cafodd pawb amser wrth eu bodd.

"Mae hi'n amser mynd adref," dywedodd

Mrs Hud wrth i'r perfformiad olaf ddod i ben.

Crwydrodd Huwcyn a'i deulu drwy gaeau'r ŵyl, heibio i'r stondinau oedd yn pacio'u nwyddau cyn troi am adref.

Gollyngodd Blobi Fach law Mrs Hud yn sydyn a cherdded draw at un o'r stondinau. "Eisio hwnna!" sgrechiodd. "Eisio HWNNA!"

Edrychodd Huwcyn i weld beth oedd ei chwaer wedi'i weld – a griddfan. Roedd hi'n sefyll o flaen stondin anifeiliaid anwes hudol ac yn pwyntio at griffwn blin yr olwg.

"Eisio hwnna!" gwichiodd Blobi Fach unwaith eto. "Eisio fo!"

Gwgodd Mr Hud. "Dim gobaith," dywedodd yn bendant. "Dwi wedi cael

BWYSTFILOD BENDIGEDIG

mwy na digon ar ofalu am anifeiliaid anwes am y tro, diolch yn fawr!"

Rhoddodd Huwcyn ei fraich am ysgwyddau ei chwaer. "Tyrd," meddai. "Os byddi di'n ferch dda, wna i brynu un o'r pryfed cop blewog yna i ti yn anrheg Nadolig."

Rhoddodd Blobi Fach gusan lafoeriog ar foch Huwcyn. "Huwcyn hyfryd," dywedodd. "Diolch."

"Croeso," meddai Huwcyn gan ei harwain o olwg y stondin. "Beth am fynd adref?"

A dyna wnaethon nhw.

## Y DIWEDD

# Dwy stori arall am
# Huwcyn Hud!

# Mwynhewch y gyfres i gyd!